戏台

罗伟章 著

百花文艺出版社
天津出版传媒集团

图书在版编目（CIP）数据

戏台 / 罗伟章著. -- 天津 : 百花文艺出版社,
2025. 1. -- (百花中篇小说丛书). -- ISBN 978-7
-5306-8939-4
Ⅰ. I247.5
中国国家版本馆 CIP 数据核字第 20241D3S33 号

戏台
XITAI
罗伟章　著

出 版 人：薛印胜　**选题策划：**汪惠仁
编辑统筹：徐福伟　**责任编辑：**齐红霞
特约编辑：曾南玉　**装帧设计：**任　彦
出版发行：百花文艺出版社
地址：天津市和平区西康路 35 号　　**邮编：**300051
电话传真：+86-22-23332651（发行部）
+86-22-23332656（总编室）
+86-22-23332478（邮购部）
网址：http://www.baihuawenyi.com
印刷：山东临沂新华印刷物流集团有限责任公司
开本：700 毫米×980 毫米　1/32
字数：44 千字
印张：4.125
版次：2025 年 1 月第 1 版
印次：2025 年 1 月第 1 次印刷
定价：34.00元

如有印装质量问题，请与山东临沂新华印刷物流集团有限责任公司联系调换
地址：山东省临沂市高新技术产业开发区新华路 1 号
电话：(0539)2925886　邮编：276017

罗伟章 / 作者

著有小说《饥饿百年》《不必惊讶》《大河之舞》《太阳底下》《世事如常》《谁在敲门》《声音史》《寂静史》《隐秘史》《罗伟章中短篇小说》（五卷）等，散文随笔集《把时光揭开》《路边书》，长篇非虚构《凉山叙事》《下庄村的道路》。作品多次进入年度中国小说排行榜，入选新时代中国文学大系、全球华语小说大系、《当代》长篇小说五佳、《长篇小说选刊》金榜领衔作品、亚洲好书榜、《亚洲周刊》全球华语十大好书等。

“夫妻天天吵架，可以吵上半个世纪，这种事你信不信？”

“信啊！我邻居就是。是不是天天吵我说不准，但只要我在家，耳朵就没空过；在外面一想到家，首先不是想起家的样子，而是响起隔壁吵架的声音。当然，我们只做了十年邻居，他们吵架也可能是最近十年的事，离半个世纪还远，但在我看来，两口子吵十年，和吵半个世纪实在没什么区别。”

“区别大呢，”他说，“孩子长到十岁，还是个孩子；长到五十，你想想！”说着抬眼看我，额头油浸浸的，眼里漫着雾。

他是我表哥,名叫纪军,是个银行职员。按其资历,不该只是个普通职员,但他就是个普通职员。逢年过节,亲戚聚会,我们有时会取笑他,说他是只“吉娃娃”,一万年也长不大。那时候,多半是在餐桌上,他低头进食,脸上挂笑,一副不屑分辩的样子。我姨父姨母,也就是他父母,有些恨铁不成钢,但毕竟是自己儿子,即使有话,也怕说出来痛,便不说。唯表嫂会摇两下肩膀,瞄他一眼,喝令他把下巴上的油擦掉;可能是觉得不该在这种场合凶自己丈夫,话音未落,忙又改了面容,问外婆还想吃啥。

外公去世后,外婆先跟姨父姨母住,后来跟我父母住,可两处都没住上半个月,就回了她的老房子。有天表哥去看她,进门,如同进了冰窖——

不是冷，是冷清，是冷清的冷。外婆像是从墙上下来的，完全就是个影子。再看她吃的，都是昨天的饭菜，也可能是前天的，甚至是大前天的，在锅里热来热去，皮面成了铁锈色。表哥二话没说，把她的碗劈手夺了，再把她往背上一捞，背下楼，送进了自己的家。外婆腿上有风湿，尽管自己能走，但很不方便。

外婆在表哥家住了十二年。

我跟表哥见面少。亲戚之间或许就是这样，远没有和朋友见得勤。加上住得远，一个城西，一个城南。外婆刚住过去那段时间，我会时不时去看她，每次去，都发现她过得好好的。这让我如释重负，同时又很失落。

我是没条件照顾一个老人的，不是钱的事，我手头比表哥宽裕，再说外婆的退休工资尽管低，但足够养活她自己。是没时间和耐心。我难得在家度过一个完整的夜晚。妻子也是。我和妻子各玩各的,有时也结伴出游,三天两头把家空着。表哥表嫂从不,他们下班就回家,就围着外婆转。外婆在他们家住了小半年,我再去,外婆就把我当成客人,叫表哥表嫂给我倒水喝,削苹果给我吃。那时候,表哥的女儿玟玟,不满四岁,见了我,要我抱,外婆却把她赶开,说别把我衣服弄脏了。这让我心里很不是滋味,去得就越发少了。

表哥也不来找我。我俩的生活方式完全不同,见了面,无非是见着两张脸。血缘的呼唤只在小时候能听见,到了一定岁数,那声音就埋进了土里,和人见面,见的不是脸,是嘴——是嘴里说出的话。我们的话山重水隔。

因此除了逢年过节,我们几乎不见面。

可今天,表哥却是特意来找我的。

昨天晚上,他打电话给我,说:“青林,你明天有事没有?”我说:“明天是周六呢。”意思是当然有事,周末我比平时更忙。电话里咕哝一声,然后表哥说:“我想跟你见一面。”同时听见表嫂在那边叫:“外婆你别动。”我这才想起还有个外婆。莫非是外婆身体不好?想问,又怕当真如此,我的诸多美好计划就会泡汤。

于是不问。

见我没反应,表哥说:“我们从两头走,在二马路找个茶楼,要不了多久。”

都说到这份儿上了,我不能不答应了。

今天上午八点半，妻子张静开车把我送到地铁口,就去新月乡了。几家朋友相约去那里打牌、烧烤、露营,明天接着玩。我下车时,张静交代:“三下五除二,说完就过来,要不然我手臭,输了别怪我。”

深蓝色的湖水、湖水边的草地、草地上的凉亭、凉亭里的牌桌、牌桌上的麻将……我想着这些,心烦意乱,深怪表哥插这一杠子。要是有正经事也罢,可他打早就来,在檀香茶楼等了我半个多钟头，就为说老夫老妻长达半个世纪的争吵?他父母不是那样,我父母也不是那样,管这种闲事干吗?

我真不该提什么邻居，那很可能挑出更多的

话头。果然，表哥拿出在银行数钱的细致劲儿问我："你邻居吵架你怎么知道？"我说："门对门的，风也吹过来了。""那证明他们声音很大，"他说，"大声吵架不算吵。"

这话倒是新鲜。

我想他会解释，但我不想听他解释，我觉得他的任何一句话都是多余的。除了有牌桌在催我，还因为，我实在不喜欢表哥那副衰败相。他是啥时候秃顶的？不到五十岁，即使秃，也不该秃得那般招摇，脑顶像被摸了多年的玉。姨父年过七旬也不像他这样。看来，人在低处，是要经受许多磋磨的，哪怕你表面淡然。大好的上午，跟一个衰败的人对坐，不仅浪费光阴，还要接受负能量。能量没有正负，那是科学；有正负，那是人生。我的有些朋友，比表哥年长八九岁，却各个生龙活虎，像太阳刚刚出来，日子刚刚开始。

我喝下一口茶，想着告辞的话。

但是表哥突然说：“外婆不行了。”

到底还是外婆的事，而且不是身体不好，是“不行”。

“你是说……”

“她活不了几天了。”

“没听说她生病啊。”

“老年人，还要生什么病！老本身就是病。”

然后他告诉我，“活不了几天了”是外婆自己说的。“现在，跟外婆一起生活的，除了我和你嫂子，还有一大堆人。那一大堆人都是死人。她跟活人说话，也跟死人说话。凡是我和你嫂子听不懂的话，就是跟死人说的。但有时候也会误听，比如她问几点钟，以为是问我们，结果是问外公。那个‘几点钟’，也是死去的。她身边围着死人，也围着死去的时间。她已分不清生死。分不清，不是更接近生，而是更接近死。前天，外婆对我说：‘军，我活不了几天了。’”

这让我想起我们单位一个退休领导。分明无病无灾，那领导却在去年六月十三日那天给单位打电话，说他十五号要“走”，希望把最新的文件送他过过目。大家都当成笑话，但还是拣出不涉密的，送了几份去。他在位时做过不少好事，退休后也从没跟单位提什么要求。两天后的中午十二点零七分，他女儿打电话来，说她爸爸走了：“吃过午饭，他离开餐桌，坐到沙发上看午间新闻，看着看着，闭上了眼睛，以为他是想睡，叫他去床上却叫不醒，而且再也叫不醒。”

都说这种死法是前世修来的福。外婆一生清简，有资格享受这福分，因此即使活不了几天，也说不上悲哀。

我问表哥：“外婆说没说个具体日子？”

“那倒没有。”

“这样，我这两天忙，下个星期我去看看她。”

“也好，”表哥说，“……但我找你，是有别的事。”

我心里一紧。我放在茶几上的手机已响过好几拨，是微信在催，张静倒没催，朋友们在催。再这么啰唆，一个上午就毁了。说好了张静不来接我，从二马路坐地铁到新月乡，需转两趟车，要五十多分钟，下了车还要步行将近十分钟。

我几乎是带着怒气，对表哥说："你说！"

"你知道外婆的那套房子吧？"

"外婆的房子？那不是早就说好的吗？"

外婆的那套房在城西北的荷叶街，有六十平方米。外婆跟表哥住过两年，春节去表哥家聚会，外婆对我们说，她跟外公这辈子，先是一个在华北，一个在西南，分居十五六年，就算挣点钱，也喂了铁轨；后来终于到西南团聚，工资低，没留下积蓄，也没给后人留下想头。话说得伤感，因是在节日里，更是伤感得能摸出伤感的厚度，像她跟外公的一生，就这么简简单单几句，便做了总结。

"外婆你真是，"表哥说，"你后人又不是没吃的，又不是没穿的，还要你啥想头？你的任务是吃好耍好，长命百岁！”表嫂也跟着搭腔。我和张静、父母和姨父姨母，也都表达了同样的意思。外婆沉吟一会儿，说：“要说有点想头，就是荷叶街那套房子，你们看那房子怎么处理？”

此言一出，就只听见窗外孩子们玩的摔炮响。

有时候，沉默是金，但更多的时候，沉默是石头。张静个子娇小，经不住石头压，率先表态：“既然外婆跟表哥表嫂住得舒坦，表哥表嫂确实也把外婆照顾得好，依我看，那房子就给表哥表嫂算了。”

表哥当场否决：“要不得，那要不得！”

表嫂也这样说。

但他们否决过后，又是沉默。

我完全赞同张静，本想帮腔，又不知父母咋想的，万一他们不同意，私底下不知要挨母亲多少刻薄。母亲说话行事，都像刀片。

正尴尬着的时候，父亲说话了："张静没说错，妈喜欢跟军和春燕住，干脆就说好，今后一直跟他们住。妈的那套房子，就归他们两个。"

父亲深知我和张静都是"三脚猫"，日子不是从手上过，是从脚上过，许多时候，客栈才是家，家只是客栈。总不能把一个老人丢在客栈里。

但那到底是一笔财产，父亲说完，看我母亲。我母亲低着头。又看我姨父姨母，姨父姨母也低着头。但有了父亲的态度，我壮了胆，说："就这么定了！"我是想赶紧离开，去跟朋友们进歌厅，不是想唱歌，是换个场合喝酒。

这时候，母亲即使有想法，也不好当众说出来。姨父姨母抬了头,脸色暗红,深有感触似的笑两声,对我和张静说:“到底还是兄弟好,青林和张静有出息,晓得照顾没出息的哥哥嫂嫂。”

表哥连忙纠正:“要说我就说我，人家是有出息的哈。”他说的“人家”,是指表嫂梁春燕。表嫂白他一眼,表哥就笑。

十年前就定下的事,为什么又提出来?

表哥倾过上身，提醒我:“十年前，那房子只值四十万元,现在上百万元……”

我觉得他太小看我。“上千万元也是你的,是说好的。”

“我也不能要,”他说,“我给了我父母。”

“那是你的事！”

他舔了舔嘴唇，显出挣扎的样子。他咋变得这样衰败呀，秃顶就罢了，还舔嘴唇。他个子不高，小头小脸，远处看，像个孩子，这么隔张茶几，面对面看他，就见出早生的皱纹来了。一个孩子脸上的皱纹，让人别扭，甚至惊心动魄。

“青林，”他连续舔了几下嘴唇才说，“我找你，是想求你。”说着，他眼里有了泪光。

虽如坠雾中，却也让我大吃一惊。

“我说吵半个世纪，不是说别人，是说我爸妈。”

他爸妈？我姨父姨母？

怎么可能呢？

姨父是个谦卑的人，一举一动，生怕给世上添出声音;他从不穿硬底鞋,为的就是不硬碰硬,免得碰出声音来。他老家在川东北回龙镇,二十岁出头,接了姨公的班,在镇(当年叫公社)兽防站做了兽医。姨母是被分到回龙公社的知青,落脚在红光大队鹰嘴生产队,没有同伴,独自一人。此前十七年,她生活在沃野千里的川西平原,平原上的城市和乡村,都平坦得像面镜子,若有起伏,也只是楼宇、庄稼和林盘,而今突然来到这大巴山深处,巉岩嵯峨,群峰深锁,以为再也回不去了,深更半夜,都在煤油灯下写家信,信纸上泪痕斑斑。鹰嘴有高山草甸,适宜养殖,因为牲口多,姨父朝那里跑得也多,跑第三趟,就跟姨母认识了。

“要不是康平,不晓得宁倩活不活得出来。”

这是外公在世时说的。

外公说这话时,我们都在场。姨母听后,攀住姨父的肩,又述起当年的苦情。说那地方上厕所,是去猪圈,猪欺生,她刚蹲下,就来拱她。后来熟悉了,喜欢她,表达喜欢的方式还是拱她,她一踉跄坐地,满屁股糊满猪粪。说那地方海拔两千米,本来也不算太高,却是风道,风从秦岭过来,有理无理刮得人打抖,大热天喝口凉水,牙齿和舌头就冰得像没长在嘴里;秋花知道自己没多少时间,抢着开,抢得漫山遍野啪啪响,即便如此,还没开圆,冬天已逼到眼前;空气中到处藏着利刃,在身上割,手脚裂开的口子能放根指头进去。

村民对姨母好,但她就是跟他们亲近不起来。他们的生活和想法,就像山上的植物,太阳照一下就照一下，风吹过来就吹过来，被路人一脚踏了就踏了，被牛羊一嘴咬了就咬了。而她，心里有大平原，有平原上的晨雾、竹丛和竹丛底下纵横交错的河汊，有河汊环绕的街道，有街道上的热气腾腾和五颜六色。

心里越热，日头越冷。但姨母宁倩，偏偏要穿裙子。在大平原的城市里，她从小就穿裙子。她用一条裙子把自己的平原带到山区，或者说，把山区变成自己的平原。而那时候，连回龙街上也没人穿裙子。宁倩的裙子把她变成了一朵花。山里的花遍地是，它们开了又谢，自生自灭，这朵花却拒绝听从时令，一路开过春夏秋冬。风起处，裙裾飘动，露出腿弯，人们就咂嘴，侧目而视。

侧目而视并不是不喜欢，只是偷偷喜欢。

唯有一个人大明其白喜欢，就是兽防员纪康平。

纪康平的母亲是农民，他从小在村里长大。那是另一个村，名叫柳弯。但女知青宁倩认识他时，他已经接了父亲的班，由纪康平成了“纪同志”。多数时间，他住在街上，也便有了街坊的言谈举止，甚至比街坊开放。

就为这点不同，宁倩高兴他来，高兴看见他。

“山里人骂孩子，”姨母对我们说，“比如孩子正做风筝，父母见了，就骂，说：‘那东西当不得饭吃、当不得衣穿，做来干啥子？赶紧去割牛草，迟一步，看老子不打断你的腿！’其实，要说人比人高那么一点，就是对那些当不得饭吃、当不得衣穿的事情多一点兴趣。”她是想表明，姨父身上的那点“不同”，尽管虚幻，尽管无用，却使他显得比村民高，甚至比街坊也高，因此和她更加接近。

姨父也是这样看的。当年他爱朝鹰嘴跑，牲口多固然是原因，却是拿到台面上的原因；拿不到台面上的，是那里的高天白云底下，有一个穿裙子的宁倩。

但两人要走到一起，还有很远的路。

当然也可能很近，转过山弯，说不定对方就等在路口。姨父和姨母的“路口”，缘于姨母的一场病。那天夜里，姨母通宵未眠，生不如死，而且以为就会那样死过去。天亮后她没出工，队里的姐妹去看她，见她躺着，默默垂泪，问她话，也不答言。就在那天下午，鹰嘴一头牛生产，生半截生不出来，母牛向天悲鸣。有人抓住牛犊子往外扯，不仅纹丝不动，母牛的悲鸣声还越发凄惨。只好派人去请纪同志。纪同志赶来，没救活母牛和它的孩子，却把女知青宁倩救了。

他找了一头宽背黄牛，不管她答应不答应，就把她往牛背上一放，穿林打叶，迤逦下山，送到了卫生院。

三个多月后，两人结了婚。那时候结婚也不办什么证，请几桌客，向世人知会一声，就算是两口子了。

川东北有句俗语：热的是火口子，亲的是两口子。我从没在任何场合感觉到姨父姨母不亲，更没在任何场合感觉到他们有嫌隙。

表哥却说，他父母天天吵架，吵了将近半个世纪。

见我不信，表哥的嘴一张一合，像被扔到岸上的鱼。

他想说什么又不好说的样子，但终于说了。他说他父母吵架，不像我那邻居，他父母从不大声吵，是把坛子捂起来吵。大声吵是吵在明处，吵在明处的架不算吵架；阴着吵，悄悄吵，才切齿蚀心，才是真正的吵架。

表哥上头还有个哥哥，十二岁那年，在河里淹死了。表哥说，他跟他哥从小就没睡好过。睡到半夜，常听到母亲哭。开始是无意中听到，后来就有意去听。按父母的身高，表哥至少该长到一米七五，但他只有一米六三，就因为小时候没睡好。加上母亲的哭声像锯子，他长一寸又被锯半寸。压抑的哭声里夹杂着压抑的争吵。吵些啥，一句也听不清。潜到门边去，还是听不清。后来，家里有两个卫生间，父母的卧室一个，客厅旁边一个，他发现去客厅旁边的卫生间里反而听得更真切。但真切的依然只是哭和吵，为什么哭，吵些啥，照旧茫然。

“你从马桶里面听到过别人说话吗？”表哥问我。

当然听到过。

邻居吵架，很多时候我就是从马桶里听到的。那是一种特别的声音，来自照不到阳光的世界。确实听不清，但能听出悲伤和愤怒，一波一波的，从深渊里涌起，可涌得再高，也见不到天日，因而成为神秘之声，成为心的自语。

对此表哥自然体味更深。那声音和他连骨带血，不像我，是个旁听者，当我摁下蓄水箱的按钮，就把那声音连同秽物一起冲走了。表哥却不行，他长久地待在那里，探寻父母吵架的秘密。

这对从青年走到中年，从中年走到老年的夫妻——我的姨父姨母——都认为是对方毁了自己的人生。

姨母嫁给姨父仅仅半年，知青回城。

但姨母没能回城。

姨父使尽手段，阻挠她回城。她能回城，他却不能进城，如此，这个不惧风寒穿裙子的女人，将成为放归大海的一条鱼。当时，姨母刚生了孩子，就是后来淹死在河里的大儿子纪东。纪东死后，他们才带着九岁的纪军到了川西平原。

在怀上纪东到纪东死去的十多年里，姨母没再穿过裙子。

以后也没穿过。

在那十多年里，姨母学会了各种农活，栽秧、薅草、打谷、育红苕、点油菜……甚至男人才会做的活，砍柴、编背篼、砌塄坎，她都学会了。下乡的同时，她的户口从城市迁到了农村，先落户鹰嘴；嫁人后，又迁到丈夫的出生地柳弯——那是卧于群山之中一处凹槽。在鹰嘴时，她是城里来的知青；在柳弯时，她是鹰嘴来的农妇。知青回城的列车不留一缕烟尘，她依然待在柳弯；当回龙公社变成回龙乡，她还是待在柳弯，在众人眼里，她就成了铁定的农妇。

别的农妇有男人帮忙，而她的男人，照管着一个乡的牲畜，牲畜们受伤、害病、生产，还有结扎、阉割，都经过他那双越来越细嫩的手。那手不沾泥土，只沾牲畜的血，多数是从牲畜生殖器里流出的血。

土地下户后，饲养归于各家各户，遇事也各自请纪同志上门诊治。每次他把体温表插入牲畜的肛门，再掰开牲畜的嘴，看了它们的牙龈和舌苔，用竹筒灌过药，在颈上打过针，特别是做过了手术，主人家都用木盆倒出热水，端到阶沿或院坝边的竹林底下，旁边放块肥皂，请他洗手。被肥皂洗过的手真白，手指根根细腻，光洁柔滑。“人是天生的，”村民们以认命的口气说，“纪同志那双手，天生就不是用来做农活的，是用来接生的，挤卵子的。”

那段时间，为改良畜种，回龙乡从遥远的甘肃运回了一头牛，养在兽防站，本地最健硕的黄牛站在它面前也像只羊。这头雄壮的牛有个名字，叫孙贵。它的全部工作就是配种，估计是望它“生贵”，但没听说有姓生的，加上川东北那边，读音上“生”“孙”不分，凡有关它的记录，就都写成了“孙”。孙贵任务繁重，使命光荣，当然不能像普通牛那样只吃草，还要吃饲料。饲料就是豆料，每月三十斤。这等伙食标准，足以让人吞口水，可那家伙竟日渐消瘦，仅一年多，就瘦成了骨头架子，再漂亮的母牛来到跟前，它也只喘粗气、流沫子。

负责喂养它的姨父，克扣了它的粮食。先克扣五斤，后克扣十斤，再后克扣二十斤，直到完全不给饲料，只让它吃草。而它吃的是草，挤出的是精血。

扣下的饲料，都被人吃了。

“但我妈从来不吃，”表哥说，“开始以为是她忍嘴，可有剩的她也不吃。打磨后，做成香喷喷的饼子，她照样不吃。‘那是牲口吃的！’她说。”

对自己母亲的这句话，表哥弄不清意思。不忍心抢牲口的饲料，或是不愿降尊纡贵去吃牲口的饲料，母亲是哪一种？

“后来我想，”表哥说，“应该是第二种。全乡人都把那头配种牛叫孙贵，如果是头一种意思，妈就会说‘那是孙贵吃的’。她没说‘孙贵’，说的是‘牲口’。我妈看不起我爸。毕竟是大城市来的，人又长得好，要她看得起一个乡巴佬，不现实。虽然这个乡巴佬不是面朝黄土背朝天的农民，是个背着药箱走乡串户的兽医，也照样不现实。我爸拦她回城，她并不恨，只是更加看不起他。从嫁给他，她就看不起他。分明看不起，却嫁了，当然就是把人生毁了。”

表哥的话，让我想起一个朋友的姐姐。

那位朋友，老家在黄土高原，他姐姐念大学期间，跟一个同学恋爱了。毕业后，她分回县城，男朋友考上了研究生，研究生才读三个月，就把她蹬了。她痛苦得几次走到黄河边。后经人撮合，她和一个同事结了婚。但她的婚姻很不幸，因为，她一开始就看不起那个同事，一开始就在“克服”。

我把这事讲给表哥，他说：“情况还不一样。在我妈心里，我爸是乘人之危。我妈不是克服，是我爸的任何事情都看不起，想克服也克服不过来。比如不吃孙贵的饲料，说我妈是第二种意思，好像也不对。那些年的川东北人，猪吃的、羊吃的、兔子吃的，只要不把人毒死，啥东西没吃过？何况是豆料！”

我有记忆时，姨母已经回城。其间的波折，一言难尽。姨母后来发现，姨父阻挠她回城，不只是担心把她单独放归大海，还因为他自己根本就不愿去城市生活。他的一呼一吸，都是属于乡村的，城市于他太陌生。直到大表哥死去，他克扣孙贵饲料的事被告发，马上面临处分，加上确实有个机会让他跟随姨母摆脱困境，还能进城安排工作，他才松了口气，姨母也终于走出那片群山。

姨母回来后，在棉纺厂上班。姨父去了鞋厂，依然干着手上的活，只是再也感觉不到动物的体温了。他们两人，特别是姨母，永远都穿着工作服，连年节家庭聚会也不脱下来。那是蓝布衣，胸前挂一个大围裙。后来，厂垮了，姨母成了下岗工人，照旧挂着围裙，只是由白围裙变成了花围裙。她找我父母借了钱，当街租下个门面卖炒干货，瓜子、松子、板栗、花生，在齐腰的大炒锅里翻腾，之后分门别类，装进曲尺形的玻璃柜，等候买主。

若买主多，姨母忙，她那身花布围裙就显出盛开的模样。但更多时候，买主实在不多。川西人闲，可闲着时手也不闲，不是端着茶杯，就是摸着麻将，没工夫把零食往嘴里递。每当柜台清冷，姨母靠墙站了，望着街景，围裙上的红花白花，便一朵一朵凋谢。时不时,她把围裙拍一拍,像是把凋谢的花瓣拍掉。

花瓣没从围裙上飘落，却从她迷茫的眼神里飘落了。

纷纷飘落。

从少女到人妇,再到母亲,她与这座城市割裂了,许许多多的故事,并不为她讲述,她更成不了主角。

当她穿着裙子进入农村,她是个城市人。

当她挂着围裙守在城市,她是个农村人。

她为此失措,并因失措而迷惑,而怨恨。

我母亲就曾含讥带讽地对我说,姨母恨她。不为别的,就为她比姨母晚生,因为晚生,没去当知青,没去穷乡僻壤受苦。姨母把她的受苦,当成可以恨人的资本。穷乡僻壤的人，几辈几十辈的，都在受苦，如果他们也恨，天都会变成黑色，下的雨也是黑雨，但姨母不管这些。她那么快嫁了人，且受着丈夫的钳制，没能回城参加考试，只能当了农民当工人，当了工人当下岗工人；我母亲却读了大学，进了政府部门，三十五岁还当上了科长，四十岁又当上了处长。母亲嫁的人，不是兽医，不是骟匠，而是同城出生的高才生，这个高才生先留校，后从政，做到了副厅级。

“就为这些，”我母亲说，“在你大姨眼里，我这个当妹妹的就有罪。”

“要说她下乡误了考试，”母亲又说，“那也只是她自己敷粉。她的成绩孬得很，给她几张卷子，也只会用来擦清鼻涕。可人就这么怪，机会失去了，就只盯住那机会的背影，又是流泪又是叹气，恨这个，恨那个，恨不完，根本不去想那究竟是不是你的机会。”母亲叹息一声：“幸好你外婆只生了两个，你大姨要恨，就只恨我，再多几个的话，眼睛弯来弯去，怕要更不成样子。”

她是说，姨母的左眼有点斜。只是稍有一点，根本不影响姨母的脸相，但母亲就抓住不放。

关于机会，母亲的话对，也不对。当一种机会不是自己放走的，就有理由认为它属于自己。而且母亲也低估了愿望的力量。从姨母并不复杂的故事里，我能感觉到她改变生活的愿望。当然，或许是因为没能实现，愿望本身才显得遒劲。进城参加工作后，在不该穿工作服的场合她也要穿，我认为是她对自己身份的确证，同时也展示改变的成果。但母亲不这样看，母亲说姨母是在提醒她：你欠我的，我本来可以跟你一样，穿着呢子衣或白裙子，进出办公大楼。

母亲说话向来尖刻，所以她的话我并不怎么信。我也从未发现姨母怨恨母亲的迹象。但姨母恨姨父，倒是很有可能。他救过她，这是事实，却从另一面让她付出了沉重的代价。表哥说，对他爸，他妈并不恨，只是看不起。然而，恨和看不起之间，有着隐秘的通道，表哥老实，多半看不穿。

要说毁了人生，从姨母的角度我能理解一些，可姨父为什么也认为姨母毁了他？是因为姨母看不起他，让他活得窝囊？

我问表哥，他却吞吞吐吐。他把茶杯端到嘴

边，就那么端着。如此，我的脸和他的脸，除隔着茶几，还隔着袅袅升腾的热气。那热气像一挂乳白色的帘子，他在帘子里面问我："不会耽搁你事情吧？"但眼睛看着我面前的手机，像我有没有事、他会不会耽搁我，不是我说了算，是我的手机说了算。

他不知道，我已经把手机关掉了。

今天是个好天气。我和表哥坐在靠窗的位子，能看见阳光从街的那一边淌过来。十多分钟前，街上才洒过水，阳光和水相遇，化为珠玉，蹦跳闪烁，似能捧在手里。新月乡那边，该是怎样的绿草如茵、水天一色……但我把手机关掉了。

表哥虚拟似的喝了口茶，话在舌尖上艰难地弹动，就是弹不出来。

那一刻,我想象着他躲在卫生间,从马桶里听父母吵架的情景。

或许那不是探究父母争吵的秘密,而是探究自己受伤的秘密。

很可能是这样。

我不催他,耐心地等他。挖出来的秘密不是秘密,只有掌握秘密的人自己说出来,才是真正的秘密。然而,我等来的却是他的电话响。

是张静打来的。张静问他是不是跟我在一起。

上午时分,茶客少,茶楼里很安静,张静的声音我听得清清楚楚,忙向表哥摇手。他却没明白我的意思,说:“在啊。”也可能他明白,只是不理会。他和表嫂之间,大概从没开过这样的玩笑,也根本不觉得夫妻间的这种玩笑有什么意义,甚至认为是很不体面的。如果他知道,某些时候,我和张静并不是开玩笑,当真就是各玩各的,彼此放纵,彼此提防,又彼此忍受,他会怎么想呢?

听说我在,张静便让我接电话。

“为啥关机啊? 还没说完啊? ”

语气里充满欢喜。但我听得出来,她的欢喜不是因为我没骗她,而是在牌桌上打了胜仗。她怕赢了会输,希望我赶快过去,好找个理由下桌。

我没多言,只说“有事”,就把电话挂了。

表哥显出很感动的样子,将手机接过去,揣进兜里,又摸出来,放在桌上。先是斜斜地放着,感觉这样放很不妥,又规规矩矩地放正,放正了再次扳斜,才低着眼睛,说:“你问我,我也不晓得。其实, 我啥也不晓得……倒并不是没听到过传言。传言是听到过的,那是在老家的时候。”

他说的老家,是指回龙乡,现在叫回龙镇。自回城后,姨母再没去过回龙,姨父和表哥却几乎每年都回去上坟。

“我其实是说不清的……”表哥再次强调,同时迅速瞟我一眼,眼里满是乞求。

一阵沉默。

我只能于沉默中猜想。我想到姨母在鹰嘴时生的那场病。关于那场病,刚才听表哥说过,以前也听母亲说过。那是一场非同寻常的病,因为那场病,纪康平和宁倩这两个互有好感的人,才真正走到了一起。但它的非同寻常,多半不止于此。母亲对那场病的描述,几乎就是一连串叹词,表哥的话有了实际内容,但也极为简略:那天夜里,女知青宁倩通宵未眠，生不如死；天亮后，队里的姐妹去看她，见她躺着流泪，问她话，她不答。这是病吗？如果是病，什么病会让人生不如死却只静静落泪？又是什么病让人拒不回应好意的关切？

因为她是我姨母，我不能往更深处想。

也不能再去逼问表哥。

于是我做出无所用心的样子，看他背后墙上的一幅画。一个神情宁静的裸女，侧过脸，屈腿坐着，双臂环抱于膝上，从额头向后，勒一块深蓝色头巾。她的每一寸肌肤，连那块头巾，都静如幽谷。自然和坦荡，成为欲望的敌人，然而，过惯了以谎言为欲望助力的日子，哪怕是看一幅坦荡的画，也觉得不适。

于是我把目光移开，扫视着大厅。那边角落，有个三十来岁的女人，独自玩着手机，翕开的嘴唇，表明她有所待，而面前的热茶，慢慢变冷了。与她相隔四个茶座，一个脸膛肥大的男人，横在沙发上，节奏紊乱地打着呼噜。檀香茶楼我以前来过，知道并非通宵茶楼，这个男人是打早走出家门，来茶楼补觉的？是什么原因让他在家里不能好好睡？或者不是从家里出来？

表哥见我不再追问他，便松弛下来。松弛之后，秃顶上反而冒出汗珠，如同卸下重物汗水才会出来。他扯两张茶几上的纸巾，四角对正，很仔细地叠起来，去头上转着圈儿抹。他仿佛能看见自己的头顶，每一粒汗都不放过。这一抹，才见那顶上并非全秃，稀稀疏疏的几根毛，开始隐于空气中，看不出形迹，现在贴在头皮上，如同铅笔在剥光的鸡蛋上画了几笔。

“爸妈并不爱我们。”表哥说。他将用过的纸巾扔进桌下的垃圾桶，神情依然挣扎，但语气坚定了许多。“对我和我哥，都不爱。尤其是对我哥。他死后，妈都没回去看过他一次。爸爸虽然回去，照样不去他坟前。他没埋在我们祖坟里，跟祖坟隔着个堰塘，孤零零的，在一棵梨树底下。”

没埋进祖坟？姨父也不到他坟前去？这些，我以前都不知道。至于爱，也从来没有想过。那好像是个不必想也不能想的问题。不想，它或许在那里，一想，就飞走了。父母爱我吗？我爱我妻子或者妻子爱我吗？这么问一声，才发现不仅不必想、不能想,还不敢想。在那条路上,很可能到处都是伤疤和窟窿。而且一旦去想,就意味着索取;一旦索取,就意味着不满足;一旦不满足,就意味着怨恨;一旦怨恨,就意味着失去——既失去可能拥有的爱,也失去爱的愿望和能力。

表哥接下来的话,表明他也是这样认为的。

“说父母不爱自己,总觉得别扭。”他在头上薅了两下,几根贴皮的头发又被薅到空茫中,“给你吃,给你穿,送你读书,为你置房,叫不叫爱?就说我哥,六七岁时,就悄悄去那堰塘里耍水,被妈痛打过好多回,就是改不过来。堰塘只有两亩大,加上周围有田地,田地里不是张三在扯草就是李四在挖地,哥遇到危险,总有人救。哪想到他会去大河里。”

那是个星期天，大表哥上街去卖桦草皮，卖完了去兽防站，找他爸要了一元，说给弟弟买作业本——他卖桦草皮的钱只够买他自己的作业本。

钱给了他，却没留他吃饭。

相对于鹰嘴，柳弯离街上近很多。姨父白天去兽防站上班，如果没有深山更深处的村子请他去给牲口出诊，下班后他是要回去的，中午那顿饭，他就在街上吃。兽防站的职工，都是自己做饭。那是一长排临街的房子，房子背后有个院子，孙贵到来后，姨父把院子辟出三分之二，搭了畜棚，剩下的三分之一，栽了木桩，拉着麻绳，晾晒衣物，蹲在边缘的三个土灶供职工使用。大表哥去找他父亲时，他父亲正炒菜。但据在场的职工说，纪康平没留他儿子吃饭。

从兽防站出来，大表哥买了本子，却没回家，而是去了河里。

他喜欢水，但还从没亲近过河水。村里的堰塘，冬天结冰，春夏秋三季绿茵茵的。塘畔的洋槐，枝条被风吹折，掉进水里，日复一日地腐烂。那是一潭死水。而这条名叫清溪的河流，波翻浪打，奔腾咆哮，住在山上的村民，以是否听到河吼来判断自己是否走了一半的路程，可见河吼声传得很高、很远。它真不该叫那么个妩媚的名字。那还是四月间，河水冰凉，估计大表哥刚下去，就冻得抽筋。在水里抽筋，就像被一只手逮住，朝深处拽。川东北那地方，古时属巴，与楚风同源，迷信巫鬼，因此不说抽筋，而说是遭了水鬼。

我隐隐约约地感觉到，那个水鬼，就是大表哥自己。

大表哥我从没见过，即使见过，也没有任何印象。他死的时候，我才两岁多，因此他在我心里只是一个名字。想必，那个名叫纪东的人，不会是他兄弟纪军的这个样子和这种性格。他从他母亲的骨血里遗传了很多。

可他死后，他母亲却没回去看过他一眼。

如果真如表哥所说，姨父姨母的婚姻生活是溃烂的，纪东多半就是脓心，他父母都从他身上窥见了自己的耻辱。从姨母生的那场病里，我就猜到了。姨父纪康平应该事先就知晓实情，于是他觉得，他娶宁倩，是对宁倩的拯救。他万万想不到这种拯救也是伤害。宁倩于他，或许构成强烈的渴望，他于宁倩，却只是有好感，且是比较出来的好感。当一方越以拯救者自居，另一方感觉到的落差和伤害就越锐利。当另一方感觉到伤害，拯救的一方就越发以拯救者自居，越发想到自己的付出。那付出本身也是伤害：一个男人遭遇的伤害。

彼此都很无辜。

彼此都很不平。

纪东死了，脓心挤出了，溃烂的地方该痊愈才对，可非但没有痊愈，还朝深处溃烂。纪东的死不是药，是毒。或许，他真不是姨父的，却是姨母十月怀胎生下来的。姨母不再回去看他，不是忘记，是养毒。姨父明白这一点吗？表哥说，他跟父亲回老家扫墓，敬了祖坟，他会独自去哥哥坟前，为他上炷香，陪他坐一会儿。父亲并不阻止他，但脸色很不好看。当他从哥哥的坟前回到父亲身边，父亲不知是有意还是无意，总是朝东边的山野吐一口痰。

那是鹰嘴的方向。

是姨父曾经跑得最勤的地方。

也是让姨母生病的地方。

“他们吵架从没断过，”表哥说，“连地震那天也不例外。”

他指的是十多年前那场大地震。这着实出乎我的意料。地震令山河破碎，灾难和死亡的消息不断传来，且余震不断，如此境地，居然还是放不下。

那时候，表哥表嫂刚和爸妈分开住，但地震过后的一个星期，为一家人看在眼里放心，又住到了一起。但不是住家里，是去公园搭帐篷。表哥去接外公外婆，可他们坚决不愿睡外面，后来我爸去接，也没接走；越是遇到危险，他们越觉得家里才安全。表哥搭了两顶帐篷，姨父姨母一顶，他跟嫂子一顶。“你嫂子正怀着玟玟，身子累，很快就睡过去了；而我一夜没睡，一夜听爸妈吵。他们吵得多么痛苦，是压抑的痛苦。分明只隔着两层布，我也很难听清。”

但毕竟听清了一些。把碎片连缀起来，大致是这样的：地动山摇的时候，姨父姨母正午睡，姨父翻身下床，躲进了床头的衣柜。摇晃停止，他从衣柜里出来，跟姨母下楼。楼下已聚了很多人，各个吓得成了话痨，话从自己嘴里出来，却又不像自己的声音。说的，都是各自经受的恐惧，书架怎么倒，衣镜怎么碎，猫狗怎么叫，墙壁怎么摇。本来只摇了二十多秒，却说成七八分钟甚至半个钟头。这也不是夸大，是当时的真实感觉。大家说够了，姨父才说话。

姨父说："你们怕，我不怕，我看得淡。"

"我妈最恨的，就是爸的这句话。"表哥说。

迅速朝衣柜里躲，证明姨父说不怕是吹牛，但也不至于可恨。姨母看不起姨父，姨父在她眼里就是一辈子的尘埃，当这粒尘埃说自己是一座山，姨母便忍无可忍了。我以为是这样，但表哥不这么认为。放在他们床头的衣柜，堆满了棉絮，留下的空隙，只够一人挤进去。事情发生得突然，又是从睡眠中惊醒，完全想不到把棉絮拉出来，两个人都进去。而除了那个衣柜，家里再没有地方能把人藏起来。人在灾难面前，首先想到的就是隐身，虽然许多时候毫无意义。

但这些都不重要。

重要的是，姨父躲进去了，姨母就不能进去。

“对这件事，”表哥说，“我并不想过多责备我爸。人是自私的，愿不愿意承认人的自私本性，体现了一个社会的文明程度。何况事发突然，人完全是蒙的。”他喝了口茶，“但话又说回来，如果心里装着对方，第一个念头，多半是把对方塞进衣柜。”他以此证明，战胜自私本性，正是做人的义务，同时证明，他父母心里，都不装对方。他说：“我想不通的是，既然婚姻成了那个样子，为什么几十年都不离？未必是忙着吵架，抽不出时间离？”

我不知怎样应答，只说：“他们那代人，离婚是件大事。”

表哥摇了摇头：“离婚对每一代人都是大事。这没什么两样。‘大’的内容不同罢了。我是想，婚姻这东西，我们是不是理解得太窄了？哪种是好，哪种是坏，我们的偏见是不是太深了？再就是，如果爸妈的婚姻像我看到和感觉到的那样痛苦，却还是过了一辈子，他们算不算婚姻的英雄？”

或许算，但并非每一种英雄行为都有意义。连战场上的英雄也书写不了战争的本质。战争的本质刻在死尸的身上，写在难民的脸上。姨父姨母争吵的本质，是从岁月里长出来的皱纹、多出来的眼镜、矮下去的骨头和变白了的头发。

表哥郑重地叹了口气。

“我爸妈这辈子，”他说，“过得可怜。一个人容不下别人，甚至连丈夫或妻子也容不下，最大的问题不在别人那里，而是因为没法和自己相处。他们两个都是这毛病。我妈的毛病出得更早些。下乡去当知青，她虽然不情愿，但既然大家都去，自己去也没什么。但生的那场病，不是大家的事，是她个人的事。从那时候起，她就不能和自己相处了。”

我听着，感觉他在说姨母，也在说我。如我这种人，成天离不了热闹，并且以为有众多的朋友和不断变换的空间是生活品质的象征，但在表哥眼里，只是因为不能和自己相处？甚至是一种可怜？我还以为他过得衰败呢！

“我妈的另一种毒在于，”他继续说，“她可能觉得不应该给我爸讲她的病。她当时太孤单，对爸又有好感，爸去关心她，她忍不住就讲了。只讲了病，始终不愿说出让她生病的人。这不是保护那个人，是保护她自己，却不知道是把毒留给了自己，时间过得越久，毒害越深。我爸的错误在于，他首先不是把我妈当成人，而是当成城里人。这个城里人给了他虚荣，他又不愿承认，只想到是自己解了这个城里人的危难。而在我妈看来，他娶她，正是乘人之危。”

这让我禁不住产生联想：要是姨母当时不答应嫁，姨父是不是有过什么威胁？比如，扬言要把姨母的“病”说出去？即使是被强暴，女人一方，是法律上的受害者，却是道德上的污染源。自古皆然，千年不变。

我又把手机打开了，是想看看时间。微信的通知声像放鞭炮。新月乡那群人，每人都催了我不下五次，仿佛觉得，不跟他们一起玩，我的日子就白过了。张静果然赢了又输。我们现在打麻将，都是微信转账，她把转账截屏发给我，连发了六个。除新月乡那群人，还有别的人——我需要以谎言瞒过去的人。我不仅把有众多朋友当成生活品质，也把随口编造谎言当成丰富多彩。我无法想象没有谎言的日子该有多么荒凉。现在想来，那或许也是表哥说的不能与自己相处吧。不能与自己相处，就是失去自己，就是空虚。

这让我凛然一惊。惊诧之余，又自我宽解：哪有那么严重。

正说着话的表哥见我开了手机看微信，不好再说了。

于是我把手机放下，脸上带笑，说："没事，我们再聊会儿。"而我的语气和肢体动作，分明表达着别样的意思。

表哥的神情有些尴尬。我这才想到，他不是有事情要"求"我吗？

"我确实有事情求你，"表哥说，"我爸病了。"

"病了？"

"上个月，他吵说左边肋骨痛。之前他收拾过花盆，其中两盆种的是观赏橘和茉莉花，盆大，重得很，放在天台上的。天台是公共区域，那天他正要换土，就有人上去晾被子，他怕风把土吹起来脏了人家的被子，就抱回家换。你晓得那房子，七层楼，又没电梯，上天台等于又多一层，他从八楼抱到五楼，换好土又抱上去，所以他吵肋骨痛。还以为是搬花盆伤了，就贴了两贴膏药，但是根本不管用。前几天我带他去检查，结果不是伤的，是癌症引起的。”

“癌症？……医生咋说？”

“说活不过半年。”

我又把手机关掉了。开关机的动作，是我最娴熟的动作之一，何时开，何时关，完全看情形，看需要。表哥一定是差钱用，我想。银行的收入不错，但作为普通职员，也就是不错而已。表嫂是做财务的，没固定单位，四处找东家，后来，姨母年纪大了，主要是姨母也跟外婆一样，腿上有风湿，表嫂就丢下账本,接过了婆妈的摊子:炒干货。表姨对顾客实诚,给人家称核桃、板栗,必定先拣出空的、烂的,因此比姨母经营得好。但瓜子、核桃究竟当不得正餐,可有可无,想挣出个山高水长也难,当家里出了个重症病人,立即就会捉襟见肘。

“你需要多少?”我问表哥。

他愣了一下,待反应过来,连忙摆手:“我求你不是借钱。”

我又愣住了。不是借钱,那求什么?

“是这样,”表哥说,“这些天,我一直在想,爸妈的婚姻为啥那么凄风苦雨?最根本的,是他们没有共同目标。人家说,夫妻有了孩子,孩子会成为目标,但我爸妈不是这样。我哥不必说,连我也没能让他们一心一意。我这人没出息，大学只考了个专科，混到四十大几，还是个普通员工，但我爸妈从没把这当回事。一般父母的望子成龙、恨铁不成钢，在他们那里都不存在。人家又说隔代亲，可他们对玟玟也并不上心。自始至终，他们都走在岔道上。”

我不明白他的意思。

“所以我想求你一件事，”他继续说，“还是外婆那套房子。我想你去跟姨父姨母商量一下，叫他们提出要求：那房子是外公外婆的遗产，应该由两个女儿共同继承。”

“莫名其妙……早就说好的！”

“你听我说完。”表哥又把上身倾前来，“恰恰因为是说好的，才会出效果。我的意思是试一试。

姨父姨母那样一提，我爸妈会觉得是在跟他们争，保护那笔财产就成了他们共同的目标。有了共同目标，就可能齐心协力。”说到这里，表哥的眼里又盈满泪光。

“我爸妈过得实在太可怜了，”他带着哭腔说，“做了一辈子夫妻，结果是一辈子的内耗。我想在我爸离世之前，跟我妈有个夫妻的样子，哪怕只一个月，甚至几天。当时说把房子给我们，只是口头上，又没立字据，姨父姨母去闹，理由充分。你只是要给姨父姨母讲，让他们装得像些，让我爸妈感觉到真的是在和他们争。”

四天后的上午，我去看外婆。

不是去表哥家里，是去医院。

由此才知道，上周六表哥找我时，外婆已在医院住了十多天。这十多天里，表嫂关了她的店，在医院全职照顾。所谓活不了几天的话，并不是外婆说的，是医生的判断。但表哥还带着侥幸。以前外婆多次住院，住一阵就好了，又被他悄无声息地接回去了。“我是想等一等，实在不行再告诉你们，”他对我和我父母说，“哪晓得这次真的不行，昨天晚上就下了两次病危通知。”

外婆没能熬到我们去的那天中午。

安埋外婆的费用，全由表哥负责。对此，似乎没有人觉得不妥，连姨父姨母也没说啥。既然那套房子给了你，你当然就要管外婆的生死。但我和张静悄悄给了表哥表嫂五万元现金，他们不收，张静就扔在他家的沙发上了。

在这座城市，我们没有别的亲戚。外公在世那阵，还有他那方的两房远亲住在城北，彼此走动，后来，这两房人都随儿女搬走了。我爸的老家在宁波，姨父的故乡虽在本省，但离得远，坐火车要四个多钟头，他们都没有什么叔伯兄弟、姑舅老表来这边落户。我是父母的独子，大表哥纪东死后，纪军也成了姨父姨母的独子，我们的儿女又都还在念书，张静和表嫂的娘家也都不在这座城市。如此，偌大一座城，能掰出血缘的，只有母亲和姨母两家人了。

外婆死后，能给她老人家磕头的，也是这两家人。

磕头的是这两家，到她遗像前站两分钟的，还是这两家。

外公外婆以前的单位，早就不存在了，以前的同事，要么死了，要么跟随后辈星散各地。我有那么多朋友，平时玩得山呼海啸，可奇怪的是，这时候一个也不想通知，他们约酒约茶，我都借故推了。表哥也没通知他的同事。并没有商量，兄弟俩是不约而同。我这才发现，在我们完全不同的表象背后，躲着一个相似的“我”。区别在于，表哥和他的“我”融合，我和我的“我”分离。

参拜的人少，表哥把外婆的遗体送往殡仪馆后，就请人到他家里搭了灵堂。搭灵堂就花了将近两万元。其实简陋得很，无非是在客厅影墙上挂一圈纸花，绕几枝松柏，中间放着遗像；纸花下面的桌上，插三炷电子香，放个小小的录放机，循环播放着《大悲咒》；地上卧着一个布垫子，方便人跪。

搭灵堂的师傅跟医院联手。他们每年给医院交钱上供，科室不同，病房不同，交的钱不一样：若是ICU（重症监护室）病房，每年要交七十万元。谁不行了，医生、护士包括护工，会跟他们联系，他们就来做这笔生意，同时给联系的人一笔小费。

跟医院联手，也跟殡仪馆联手。

去哪家殡仪馆，由他们推荐，他们再从殡仪馆分成。死者家属去做告别仪式，乐队吹吹打打，把遗体送进焚尸炉，吹一首曲子三百元。其间放电子鞭炮，放一响也是三百元。之后捡出骨灰，到外面一个没有门的小屋里，由几个穿制服的人再行主持告别，收价五百元。这次告别大约两分钟，之后又由那几个人用轿子抬着骨灰盒，迈着军人的步伐，去廊道走上三四十米，让死者享受显贵尊荣，收价九百元。落轿后，再把骨灰盒交给死者家属，送到殡仪馆一个地方寄存。死者家属离开时，有气枪打出白色碎纸花送行，打一枪还是三百元。

在我心里，那些套路全没必要，但表哥不这样想。表哥觉得，这一切都很庄重，落下一样不做，就对不起亡魂，做得越多，对亡魂越好。于是吹了五首曲子，放了九响电子鞭炮，打了七枪碎纸花。这已是一笔开销。还别说火化和买骨灰盒，更别说过些天要买的墓地。因此给表哥五万，其实是很少的。

表哥找我的那个周六，他已经知道外婆不行

了,否则还不会来找我,免得外婆清醒时就闹起来,让外婆伤心。

现在外婆走了,他就看我的了。

姨父本人并不知道他的病，更不知道自己已被定下死期。

死期是人最大的秘密，姨父已丧失了这个秘密。

送别外婆的那天中午,我们一起吃了顿饭,饭桌上姨父说:“我老家那边历来有个说法,一个亲人死了,不久会有另一个亲人跟过去。你说是迷信，可没有哪回不应验……”表哥笑着打断他：“本来就是迷信嘛,我哥死后,没见谁跟过去?”他顾惜他爸的病，本能地不想说对他爸不吉利的话。

可姨父当场就变了脸色，像朝快烧开的锅里加了瓢凉水，有些丧气，也有一丝不易察觉的悲哀。表哥见状，才知道失口。在他爸心里，他哥算不算亲人？

我正好坐在姨父身边，忙给他搛菜。姨父谦和地朝我“嗯嗯”两声，又把脸转向表哥：“你们外公老了不到两个月，你大姑不就走了吗？”

他讲这些，是想提醒大家注意身体。

他完全不知道自己的身体。

那一刻，我心里升起从未体验过的温情。坐在我右手边的这个人，肋骨痛，偶尔腋下也痛，是被蚂蚁叮了的那种痛；隔三两个钟头，叮一下，让他知道某个部位的存在；最多半分钟就过了，啥事也没有了。

但这个人“活不过半年”。

上午的情景又历历在目。那是外婆被火化后推出来的情景：已没有了人的形状，只有骨头组成的人的线条，一幅人的意象画。曾听人讲，骨头是人最后的证词，记录了我们一生的苦难，可事实上，连苦难也成了意象。捡骨师傅从脚底开始，一截一截，把骨头掰碎，装进盒子。到这时，意象也消失了，只剩下荒诞的变形。从实体到意象，从意象到荒诞，就是人要走的路？

既然是都要走的路，倒也不足为奇，更不可怕。

可怕的是知道那段路的长短。

姨父已开始用药。口服药，被小心地换了药瓶上的标签。这是从殡仪馆回城的路上表哥悄悄告诉我的。他没说更多的话,但我明白他的意思。

他是在催我。

而我不知道怎样去跟父母说。

明说吗?那很可能走漏风声。即使刻意避开,照样可能,况且刻意本身就会成为漏洞。比如,说话的声音变小了,话也变多了,多得甚至婆婆妈妈的了,不自觉地问他的饮食,问他的睡眠,如此等等,都会引起他的警觉。生了病的人,鸟儿叫两声也会让他产生联想,觉得世界之所以存在,就是为了让他知道他的病。他想知道,又怕知道。想知道是带着幻想,怕知道是怕幻想破灭。

其实在想和怕之间,幻想已经破灭。

目前看来,连姨母也不知道姨父的病情。

要是我不跟父母说明，就会出现两种可能：

一是父母不愿去争那套房子。这种可能性很大，毕竟我父母不差钱用，而且是早就说好的事情。这样，表哥的目的就达不到了，姨父在他生命的最后时光，也不能和姨母过得平顺，按表哥的说法，是没有个“夫妻的样子”。这不仅关涉姨父，还关涉姨母。给外婆办丧期间，我总控制不住观察姨母。以前她在我眼里，比我妈高一些，年轻时应该也更漂亮一些；但现在不同，现在她成了巴山深处那个女知青宁倩，她在某个夜晚生不如死，在大儿子死后不再回去看一眼，在几十年的婚姻生活中，和丈夫天天吵架……

二是父母果然来劲。这更糟。真是那样的话，父母成什么人了？我去撺掇他们，我又成什么人了？再者，表哥说他父母会因此齐心协力，可万一不是呢？外公跟表哥的大姑，也就是姨父的姐姐，从来就没见过，他们的死亡无非是两个陌生人的相继死亡。世上每秒钟就要死两个人，相距几十天死，可用漫长来形容，姨父却把他们联系起来，可见在他心里，亲戚的概念是很重的，尽管平时不显。要是我父母去闹，会不会让他肝气郁结，从而加速癌细胞的扩散？

我是又过了几天才去跟父母说的，没让张静知道，独自去找了父母。

去的时候他们正吃饭，父亲身上的围腰都没解下来。父亲过两年就退休，已从实职岗位转为巡视员。他喜欢做饭，倒不是闲下来后的自我填充，是一直就如此，其理论是，做饭能激发创造力，更重要的是能沾烟火气，能知柴米贵；他进而提出，做领导干部的，只要时间允许，都该亲自下厨，且要从买菜开始，说菜市场能给人很多教育，包括触摸到生活的根，以及对庸常日子的热爱。“领导不知庸常日子，”我父亲常说，“眼睛就是冷的、空的、高高在上的。”

虽然已经吃过，我还是顺从地接过了母亲拿来的碗筷。“好久没尝过你爸的手艺了，”母亲说，“看看巡视员做的和副厅长做的有啥区别。”

父亲听了母亲说的，看着我笑。笑里的羞愧，让我暗暗吃惊。那是一个男人的羞愧——他的事业到头了。一个有事业心的男人，却把事业做到了头，会是怎样的感受？我无法揣度。我还年轻，而且完全谈不上事业心，凡事得过且过。工作和生活，都是。别的不说，单是住处，若稍有点讲究，早就换了房子，不跟那对总是吵架的夫妻做邻居。我曾以为，从马桶里听见他们吵，只要摁下蓄水箱按钮，就能把什么都冲走，其实没那么简单，那照不到阳光的声音不仅冲不走，还老像块湿帕子搭在身上，揭不下来。即便如此，我也没换房子。是懒的。

可我还是被父亲的羞愧击中了。

他老了，上天已不允许他从头再来。他脸上见不到皱纹，甚至显得红头花色，但两鬓斑白，耳垂干瘦。他的一部分身体，否定了自己的另一部分身体。

对姨父产生过的温柔情感再次升起——对父

亲。我发现,父亲也是一个病人。他长时间做领导，早就习惯了把待在领导的位子上当成事业，从那位子上下来,就是穷途末路。表哥谈论外婆的时候,说老本身就是病,穷途末路与老相比,或许是更加沉重的病。老是规律,穷途末路是人生。

母亲完全不必那样说的。换一种说法不行吗?非要点出副厅长和巡视员吗？母亲已经退休,这真好,她的那张嘴,少在外面行走,就少得罪些人。我简直不明白她以前是怎样把科长、处长当下来的。或许,当了科长、处长,就可以随便得罪人了。

进门之前,我想的都是跟父母明说,现在改了主意。要是母亲知道了姨父的病,泄漏出去几乎是必然的,且不是以关心的方式,而是像知道姨母的眼睛有点斜一样,像知道父亲的事业走到头一样,动不动就戳一下。

真是那样的话,就把表哥辜负了。

父亲说做饭能激发创造力,可几十年来,他最爱做的宫保鸡丁、鱼香茄子,永远都是那个味儿。我吃了两筷子,问他:“最近菜价咋样?”

他的羞愧已被他自己掩埋,听我问,怪异地盯住我:“你也操心起这个来了?”然后就开始教育我。

倒没从“领导”的角度,因为我不是领导。我管理着一个企业,但在父亲心目中,只有党政部门的领导才叫领导,何况我那个企业还是私营。他是从过日子的角度教育我,说没见过像我和张静这样的夫妻,长天白日,不是在外面吃,就是叫外卖,总之离不了一个“外”字。“外是啥?左边夕阳的夕,右边占卜的卜,就是在夜间占卜;占卜通常是在白天,夜间占卜,证明边疆(外)有事。边疆有事还能是好事?‘外’来的东西,能放心?”

他又捡起数十年前的所学来了。他本科读的中文系,硕士专攻先秦文学。如果他一直待在大学,会有刚才的那番羞愧吗?

我不知道。

教育了我,他才回答我:“降了,肉降得最厉害,猪肉降了五块多。”

我便以淡然的口气说:“啥都降,就是房价涨。”

父亲没在意,母亲却明显有了反应,筷子在碗沿上磕出“铮”的一声。

我装着没注意到母亲的动作，问父亲：“听说未来十年政府要着力打造城西北？”父亲瞄我一眼，从眼神看出他并不知道，已是退居二线的人了。因为不知道，那种羞愧再次出现，且带着一丝哀伤。

“开发……想一出是一出，”他以清醒者的口气陈述着自己的不满，“上上届的伍书记要向东边发展，修了数不尽的‘中心’，搞出一大片空城；上届的魏书记，说把资金流向外围，怠慢主城区，本末倒置，于是在主城区建高架桥；这届的王书记又想出新点子来了，要打造城西北了。”他嘲讽地笑了一声。

“听说要在城西北建音乐公园、湿地公园，那边的房价就像长了翅膀。”

我的话音刚落，母亲又把碗沿一磕。磕得更响，但话比碗还响：“莫说长翅膀，就是放火箭也与你屁相干！”

我说：“那倒也是，我是想外婆那套房子，现在能卖上百万了，再过两年……”

母亲暴起一声：“还提那东西做啥子？”

父亲还沉浸在自己的世界里，猝不及防，吓得一抖，惊惶地看着母亲。

母亲则看着我和父亲：“当初，你们几爷子装大方，一口就送出去了！”

父亲低了头，耳根发红，剥煮花生。

由此我感觉到，那年春节在表哥家说了房子的事回来，父母一定是吵过架的，还不止吵一回两回。当然，所谓吵架，就是母亲朝父亲发火，父亲最多低声辩解两句。父亲惧内，我从小就听大人们这样说。都说惧内的男人有福，想必父亲也是有福的。

“一套老得起黄斑的房子，”这时候他说，“哪值那么多。”

母亲将碗重重地朝桌上一蹾：“说你傻呢，好坏也混了个副厅级。你以为房子老了也要退居二线？也要去做巡视员？房子不是看年龄，是看城市、看地段！城西北要搞开发，开发就是烧钱，火苗子燎不着，总要蹭点热！如果拆迁，更不得了！”母亲说着，越来越气，把十年前的那一天张静怎样说话、父亲怎样说话、我怎样说话，每个人说的都背得出来，顺序也不乱。

说到最后，竟数落起外婆来了。

“外婆偏心。”这是母亲说的。也不是现在才说，以前就多次说。为什么“偏”，母亲是清楚的：大姨去乡下受了苦。大姨家信上的斑斑泪痕，在外婆眼里是一个个窟窿，不缝补起来，就不能心安。但外公外婆都干着技术活，也只会干技术活，且刚跨越大半个中国，解决了分居，用钱上窘迫，既不能让女儿吃穿富足，更没办法把她捞回身边。百般无计，只好把心“偏”过去。

大姨去当知青时，母亲正被城市的风掀起头发，如同嫩叶被春风撩开，露出青杏。羞怯、担忧、焦躁、怕，成为她这段生命的主旋律，她迫切地需要关注，又视关注为侵犯，当她发现“侵犯”比自己渴望的少，就“砰”的一声把门关上，以自怨自怜的炉火锻造她的刻薄。她完全不管外婆以偏心求安心，本身就不可能安心，眼里只有自己空出来的那部分，并用那部分去责备外婆。

在她看来，外婆早就想把房子给纪军和春燕了，那年春节提出来，无非是装装样子。

父亲还在剥煮花生。

那颗花生他至少剥了八分钟，将壳捻破，沿中轴线掰开，又合上。经水煮过，壳上带着湿气的印痕；两粒果实，穿着紫衣，安安静静地睡在里面。这给我很不好的感觉，像那壳是棺木，父亲启开了人家的棺木。母亲也注意到了父亲手上的一开一合，眼神恼怒，但更多的是疲惫。母亲空生了一张刻薄的嘴，父亲就是一团棉花，刀子扎下去，棉花即使痛,却不会叫出来让人知道。

如果说父亲是有福的,母亲也是吗?

父母的婚姻顺利得出奇。那时候,母亲宁秋,毕业半年,逐渐适应了政府部门的台阶、楼层、表格、会议和免费午餐。某个周末,有个同学邀约去野马河古镇游玩。她带了一个女同事去,同学带了三个人,其中有个叫刘墨轩的。同学介绍说,本是某大学老师,现在某区委秘书处。刘墨轩的儒雅让宁秋当场就喜欢上了。而刘墨轩把宁秋的刀子嘴当成了泼辣,也喜欢上了。两人不求同声,只求互补,证明都想有一条越来越宽的路。一年后,他们结了婚。

两人应该过得很幸福。

确实也是,没有人认为他们不幸福。

然而，父亲的动作、母亲的眼神，仿佛又都是对“幸福”两个字的涂抹。

我再次想起那位朋友的姐姐。她没能嫁给初恋，看不起后来的丈夫，越看不起，越觉得初恋好，越觉得那个人本来是她的，却被另一个女人抢走了，她的生活因此破碎。到三十岁后，她觉得自己的儿子上小学了，她有权利追求完整了。只要有机会，她就不停找情人。但情人并没能把她缝补起来，没能让她获得她想要的完整，她只好求救于对找情人这件事的诉说。她没有女性朋友，更不可能跟男性朋友说，就说给自己的弟弟听。弟弟才是最知冷知热的人。

“姐姐每说出一段故事，”我的这位朋友说，“都是对我的一次伤害。但我连愤怒的勇气也没有，我只是觉得她可怜。初恋之前，有个男同学疯狂地追她，她都无情地拒绝了。当然，拒绝本身就是无情的，也不必再加上‘无情’二字。可这时候，她竟然主动跟那个同学联系。那人在深圳，给她订了机票，她就去了，三天后回来，被我姐夫怀疑，将她暴打了一顿……”

她婚姻生活的不幸，从她找情人就已经开始，但在表面上，是从深圳回来后开始的。她丈夫整夜整夜地不让她睡觉，逼她说出某一天的行踪，具体到某个时辰、某几分钟。她熬不过，便如实交代。怀疑被证实，丈夫陷入深渊。而深渊还有更深处，又逼她描述跟男人上床的细节。折磨得她蓬头垢面、满身青紫时，就故意把孩子叫到身边，让孩子看自己偷人的母亲是什么样子，用孩子的哭声去啃她的心和骨。她提出离婚,但丈夫一口否决:“离啥婚呢? 这样子很好! ”

这些事,她的弟弟,也就是我那位朋友,全知道。可他连愤怒的勇气也没有。

直到有一天,他终于忍无可忍。

那天他姐姐对他说,她找到了真爱,那个真爱她的人是在火车上认识的,与她隔着两个县城,路程不近,但他常去看她。她对他说,等儿子上了初中,住了校,她就坚决离婚,上法庭也要离。可是真爱她的人不赞同,说那对孩子不好,虽然住校,可学校究竟不是家,孩子的家只能是父母给的。她流了泪,说想和他长相守,像这样偷偷摸摸欺骗的生活,她已经厌倦了,而且,如果被丈夫发现,她多半要被打死;丈夫把她捏在手里,并不是为孩子着想，而是想世上有个人可以任由他折磨,等到某一天折磨腻了,她就是死路一条了。真爱她的人说:“你死了,我裸体为你陪葬。”

“你不知道我有多恶心！”我的这位朋友说,“说出那种话的男人,该有多么恶心。骗子!恶棍!但我的姐姐,那个傻婆娘……”他就是这样骂的:“还很陶醉。我狠狠扇了她两耳光,然后穿越两个县城,找到了那个恶棍。”

他把那人打成了残疾。

为此他赔尽家财,还被判刑两年零七个月。

当初，深圳的那个男人让他姐姐去，过了两夜,再不理他姐姐,以此完成当年被拒的复仇。这令他可怜姐姐,令他伤心,令他藐视那个猥琐的男人,却没想过去对那人动武;反而是这个要为姐姐“裸体陪葬”的，让他忍无可忍。

他姐姐现在怎样，我没问，他也没讲。但我想说的是，她毁于自己的幻想。她以为跟初恋结婚，她的人生就永远有温暖的阳光，有丝绸般滑顺的河面，有恰到好处的风。她不知道同样可能有麻木、惊恐和疲惫。

母亲发了火，但并没说要去争那套房子。

我又宽心又焦躁。宽心只是背景，焦躁才是实质。如果不去，我前面的那番“挑拨”就太无聊啦。我想这大概是因为当初说的是给表哥表嫂，做长辈的，到底不好去伸手。于是我又说：“那天碰到表哥，他说大姨他们要去水井湾住。”

水井湾是个小区的名字，外婆城西北荷叶街

上的房子就在那个小区里。

父亲不再重复“启棺合棺”的动作了。他把那两粒花生米取出来，头并头地窝在掌心，看样子要往嘴里拍，却始终不拍。“住水井湾？”他说，“住那边过日子倒是方便，出门就是菜市场。可是街道太窄，小摊小贩又到处摆，弄得满地是水，寒天暑日没干过。当真开发起来，更要吵死人。还是住现在的西苑好。”

“他们可能是想把西苑的房子用来出租吧……”我说，“听表哥说，他把水井湾的房子让给了他爸妈。”

母亲的头转来转去，最终把目光固定在我脸上：“已经住过去了？”

那本来就是我胡编的，只为引起话题。我说：

“不晓得。”

“那两口子心眼儿多！”母亲歪着嘴，话也歪歪斜斜地出来。父亲不明白她这话的意思。我似乎明白，又不敢肯定。正要求证，母亲问我：“你刚才说，纪军把房子转给了你大姨？”我说：“是的。”“他们是想把房子占住，免得生事！”母亲下着结论，脸昂着，仿佛坐在她对面的不是我和父亲，而是姨父姨母。

看来母亲的意思，正是我想的那种意思，也是我需要的那种意思。

父亲终于把两粒花生拍进嘴里，花生被煮过，本以为早就死去了，但在父亲的牙齿底下，依然发出被切割的痛楚呻唤。他说：“未必人不住那里，拆迁起来就不给钱。还会生啥事？”他完全误解了母亲的意思。

我怀疑他们很难把某件事、某句话，理解成同一个意思。

母亲眼神里的疲惫又深了一层。

就到此为止了吧，我对自己说。我真不想再说什么了。我非常后悔答应表哥来干这件事。干这件事让我厌恶。然而，当我起身向父母告辞之前，我还是扔出了几句话："真要生事的话，当然会有事。那年说把房子给表哥表嫂，只是说，又没立字据，更没有外婆签字……大姨他们防的是这一手。"说完我就走了。

我发誓再不掺和这件事情。

朋友送来一条狗，本以为是帮他养段时间，谁知他养了四条，实在养不过来，这条萨摩耶真是送我们的。我和张静哪是能养宠物的人。听说是送我们，我心里当即冒出一个念头，这念头说出来真是没有敬意：当初连养外婆也没耐心呢。

然而也正是这个念头，让我看穿了敬意的脆弱。

养外婆没耐心，养这条狗真有。

它跟姨父当年养过的那头牛一样，也有个人的名字，那头牛叫孙贵，这条狗叫邹薇。它老主人姓邹，萨摩耶又生就一张微笑的脸，便叫了邹微。因是母狗，为彰显性别，“微”改作“薇”，像雌性天然地就该属于花花草草一样，哪怕是一只母老虎。朋友对我说：“算是过继给你了，就让它跟你姓，叫它刘薇吧。”我想这实在没有必要。听人讲，若非皇帝赐姓，改姓都会有内心的撕扯，仿佛是背叛祖宗抑或是被祖宗抛弃，令人产生悬空感、虚无感。我无法断定狗就没有历史意识，没有追根溯源的渴望，万一有，它定会痛苦。养它，又让它痛苦，对双方都是损害。因此不改，还是让它姓邹。

邹薇比我们更早清楚它是有了新家而非暂住，进屋就伸着舌头，四处巡视，犄角旮旯都不放过；对新主人，它巴心巴肝地蹭腿，求抚摸，把凳子顶到我和张静的屁股底下。正因此，它把我们视作客栈的家变成了真正的家：我们再不能三天两头地把家空着，至少得有一个人按时回去。

如此，家里便形成这样三种格局：刘青林+邹薇；张静+邹薇；刘青林+张静+邹薇。三种格局中，唯一不变的是邹薇，它比我和张静更有资格拥有那个家，也成为我和张静之间的纽带。比如我没回家，张静就会向我报告邹薇的情况;张静没回家，我也会向张静报告；同时，我和张静还会向儿子报告。

不过，儿子远在英国读中学，去了两年了，该熟悉的都熟悉了，有了朋友，有了他自足的世界，加上跟邹薇还没有实际的接触，更没建立起感情。视频通话时，邹薇朝他笑，用狗的语言叫他哥哥，他也只是含混回应，像很不好意思，又像带着些许嘲讽。

我猜想，儿子嘲讽的多半不是邹薇，而是邹薇对我和他妈妈的改变。邹薇确实改变了我们。从不早起的人，天色微明，听到它抓门立即起床，送它去楼下的草坪;尿撒了,屎拉了,它还想在户外呼吸新鲜空气,还想跟它的狗友打个照面,就又随它在绿化带转悠,甚至出了小区,沿磨底河廊道,走很远的路。

每当这时候，我就想到父母，也想到姨父姨母。

如果父母也养一条狗呢?

“那不行,”张静说,“你以为狗就嚼得烂妈的那些刀子话？”

逢年过节,该去看望我父母的时候,张静从没借故不去,只是,每次去之前,她都暗暗运气,让自己的内心变得强大些,并且保证两只耳朵绝对通畅，母亲的言语能畅通无阻地从她左耳进、右耳出。此外她还要卸下全部首饰,把自己变得很本真，本真到平庸，平庸到在任何方面都不会引起我母亲的注意。

平时，她也不在我和朋友们面前谈论我父母。朋友们倒是经常谈论有关父母的话题，包括各自的公公婆婆、岳父岳母，无不是气得牙痒：从不把话说明，让儿女去猜，猜错了就生气；菜买得把冰箱挤爆，却舍不得吃，坏了又舍不得丢；他们这一辈，年轻时忙着干革命，退休后忙着跳广场舞，自己基本没照顾过老人，现在儿女去照顾他们，却苛刻得很，容不得半点差池……张静听着，神情淡然、内敛，绝不接话。

可是她心里有话。为邹薇着想，她把心里的话说出来了。

她说得对。一方面是怕邹薇受伤害；另一方

面，母亲有鼻炎，不适合养狗。

如果姨父姨母也养一条狗呢？

“那不行！”这是我说的。

但我没解释，我只是想：两个儿子都没能成为他们的共同目标，一条狗能行？对姨父姨母而言，养狗养猫养金鱼，无论从调节身心的角度，还是从缓和关系的角度讲，都不会产生什么意义。此外姨父的身体也不允许。他那身体可比鼻炎严重。一个得了重病的人，病会成为最高权威，它不招呼，你也得每天主动去它那里报到，付出全部精力去服侍它，哪有心思养狗。

说到姨父，他现在怎样了？那回去看了父母，说了那些话，已过去一个半月。我用邹薇去模糊了这一个半月，事实上是不愿去想，也不愿去听。

我也像是一个得了病的人，想知道，又怕知道。在想和怕之间，总是怕占上风。

其间，我有几次都准备去看父母，也准备去看姨父姨母，衣服穿好了，鞋子穿好了，最终都作罢。电话是打的，口气里先就做出忙得不可开交的样子，三两句问候过后，就挂了。最奇怪的是，表哥竟然也不跟我联系。虽然奇怪，但这样好，我们本来就联系得少，不特意联系，证明一切正常。

然而，哪一种状况才叫正常呢？

一号过了是二号，一月过了是二月，这是一种正常。

雨落旷野，大漠孤烟，也是一种正常。

山川震彻，星河摇动，同样是一种正常。

这么想来，世间原本没有不正常的事物。我们说不正常，只是因为不符合自己的习惯和愿望。对我而言，哪怕世界并不美好，只要节奏不乱地运转下去，本身就是美好。从某种意义上说，邹薇的到来，破坏了我的一些东西，但还在可控的范围，而且是我喜欢的，即是说，那种破坏是符合我愿望的。真正让我不适、像块结石一样搁在心里的，是表哥的托付以及我在父母面前的那番表演。

好在都没有声音了，一切都过去了，又变得正常了。

这年十月，送狗的朋友邀约去泰国游玩，我不大想去，张静特别想去。她走过很多地方，偏偏没去过东南亚。另几个朋友都是夫妻同往，张静去我不去，显得怪模怪样，落单的感觉也会让她不舒服，于是我也决定去。

签证很快就办了，问题只在于怎么安排邹薇。邹薇的老主人说，送到宠物店寄养——他现在说话，已不把自己当成邹薇的主人了，据说这是有德行的标志：你已经把它送出去了，它就不是你的了，你不能再以主人自居。

因为要出远门，而且一去就将近半月，出发的前几天，我再懒散，也得去公司忙碌，把该处理的事处理掉。安排邹薇的事就由张静负责。

我办的那个企业，并没打算给张静留个位置，当然更主要的是她自己也不想要个位置。我们都有个古怪的想法，觉得夫妻同调，会给人黏黏糊糊的印象，甚至是不洁的印象。在公园里，看到某些夫妻锻炼，丈夫在甩手，妻子也在甩手，妻子在下蹲，丈夫也在下蹲，我会深感悲哀，觉得他们的生活陷入了泥潭。这实在太古怪了，简直毫无道理，可张静居然也是这样想。目标和步调，在我们心里是两个概念，甚至是分裂的概念。因这缘故，张静不跟我做事，去跟另外几人合伙，漫不经心地开着一个酒吧，轮流值守，时间上很自由。

找宠物店寄养并不难，但张静去看了好几家，都不满意，说舍不得把邹薇丢进那样的场合，说那不是店，是牢房。其实人家也挺负责的，每天有人带狗出去遛，只是像邹薇这种性格活泼、体型硕大的狗，平时要被关进笼子。

“关进笼子还不是牢房吗？”张静质问我。

我无话可说。因为近段时间以来，我感觉自己也被关进了笼子。所谓正常,无非是自我麻痹。既是麻痹,总有清醒的时候。我老有一种负罪感。无形的环墙,阻挡了我的路。我连去看父母和姨父姨母都迈不开脚步。按理,分明知道姨父得病,应该时不时去走动一下才对,但我有意忘记。

我真不该听表哥的。一方面,我觉得他是给我设了个圈套,有些恨他;但另一方面,我是不是正需要那个圈套?是的,当初说把房子给表哥,我态度积极;安埋外婆,我可以不给表哥钱,但还是给了……可这些举动,是否能说明全部问题?尽管我不缺钱用,但四十万和上百万(甚至二百万、三百万),在我心里就没有落差?

这才是最让我对自己感到不满的。

张静完全不理解我的心思,甚至也没察觉到

我的变化。由邹薇重新缔造的这个家,或许只属于邹薇。

但现在不得不让它暂时离开。不愿放进宠物店,张静就去找朋友。

也是这时候, 她才发现, 我们的朋友多为玩伴,并不适合帮衬。她打了十七个电话,才终于有人答应收留。

这天上午,她带着邹薇、邹薇十余天的口粮、维生素、卵磷脂、钙片,开车去了朋友的家。两个钟头后,她到了我的公司,并没上楼,只打电话叫我下去。车停在一棵梧桐树下,秋天的阳光斑斑点点洒在银灰色的车顶。见了我,她摇下车窗。阳光的斑点像是微微晃动了两下。

“咋回事?”还隔着自行车道,她就惊惊乍乍地问我。

与此同时，坐在副驾座上的邹薇纵身一跃，跃过张静，跳出窗口，向我扑来。

“啥咋回事？没送出去？”

“你上车来。”她说。

副驾驶座坐不下我和邹薇，我们便上了后排。

“爸妈咋跟大姨他们闹翻了？”

她这才告诉我，她把邹薇送到那朋友家，结果那朋友对狗一无所知，见邹薇体型这么庞大，心里怕，又听说每天早一趟、晚一趟，要带它出去拉屎拉尿放风，当即就为难起来。张静对她的为难很生气，说：“又不是不给你钱！”这句话把对方彻底冲撞了，说：“你张静有钱，我又不找你借，更没说要给你的狗当保姆。”张静带着邹薇转身就走了，然后她开着车，气呼呼地在街上乱转。

说起来也是机缘，竟转到了同善桥街。

表嫂的炒货店就在那条街上。

但张静并不知道，她从没去过表嫂的店。这时候，她见一个女人挂着一个大花布围裙，双手插进围裙的兜里，斜斜地站在一方门下，无所用心地望着街景。她非常吃惊，吃惊的是那个人怎么跟表嫂长得那么像：圆脸，大眼睛，鼻子老给人静默沉思的印象。待看见顶上的店名，才知道那就是表嫂。店名叫“宁瓜子”，是姨母当年取的名字。那个大花布围裙，那闲时望着街景的模样，也是从姨母那里继承来的吗？

张静灵机一动，想到邹薇终于有着落了。她深怪自己这么些天都没想到表哥表嫂头上去。

都说表嫂的生意比姨母当年经营得好，但从情形上看，最多就是傍晚时分好一些，白天也基本上是闲着，让邹薇跟她到店里，完全不误她事。即使白天忙，照样误不了事，邹薇乖巧、听话，叫它坐着就坐着，叫它躺着就躺着，遇到陌生人也很有礼貌。于是张静把车靠边停了，喊“表嫂”。

表嫂从半开的车窗里见到张静那张脸，比张静见到她时更吃惊。表嫂吃惊的，定是张静的笑。张静的笑是彻底放开、毫无遮拦的那种。为什么还会那样笑呢？表嫂疑惑着，迟疑了一下——这“一下”并不代表时间，简直就没有时间，但能鲜明地感觉到朝张静走去的步子，也迈得滞重。

“你别问我，”还有几米远，表嫂就对张静说，

“我啥都不晓得。”

张静蒙住了。

表嫂揣着手，站在车门边，说了好一阵，张静才勉强听出个意思：我父母天天去找姨父姨母，见面就吵，以至于姨父姨母不敢住在西苑，更不敢住到水井湾，当然也不会住到表哥表嫂家里去。他们自己出去租了房子。

“租在哪里，我确实不晓得，”表嫂满脸通红，“前些天，二姨他们天天来问我，有时一天要来好几回；我说不晓得，又不信；二姨还朝我撇嘴，说‘我还以为你春燕是个诚实人……’”表嫂快要哭出来了。

张静一手搭方向盘上，一手搁在邹薇头上——它趴着，一动不动，像生怕被窗外的人看见，就要把它交给窗外的人养——尽管张静根本不明白这期间发生了什么，但心里知道，叫表嫂帮忙照管邹薇很不妥当。她只对表嫂说："我不是来问你的，我只是从这里路过，看见你，打声招呼。"言毕开车走了。

这么说来，表嫂也跟张静一样，既不知道表哥的计划，也不知道姨父的病？表哥表嫂这两个该回家时就必定回家的人，究竟是一种怎样的关系？张静问我爸妈为什么跟姨父姨母闹翻了，神情上兴奋多于焦虑，或者说只有兴奋，没有焦虑，焦虑只是色彩，为的是把兴奋涂掉。她并没有错。自己演戏给别人看，别人也演戏给自己看，她是一种看戏的感觉。

可是我就不一样了。

父母是怎样达成一致的？父亲仅仅是母亲的傀儡还是跟母亲同舟共济？姨父姨母又是怎样结成了同盟？连儿子也没能成为共同目标，难道为了捍卫一套房子，就当真化解了将近半个世纪的干戈，有了“夫妻的样子”？

我决定去父母家看看。

我已取消了泰国之行，张静一个人去算了。我本来就不想去，现在有了理由。别的理由我没讲，只是说，既然不愿意把邹薇送到宠物店寄养，又找不到人代养，家里总得留个人。张静没说什么。她沉默，除了认同我的话，还因为以前她怕人家都是夫妻同去，她一个人去，免不了会孤单，现在她不怕了。通过为邹薇找临时东家，她看穿了一些事。所谓孤单,是因为对别人有依赖心,依赖心消除,孤单感也就自动解体。

张静出发的当天下午,我就去了蜀凤苑。

那是我父母居住的小区,无论从哪道门进去,都见古木森森,当然是移来的古木,那些榕树、黄葛树、公孙树,老家在岷江中游,树冠自带云雾,使这小区显得有些阴。乘电梯上行途中,我看着地面之物一寸一寸小下去, 知道那不仅是空间,还有时间,是时间把我带离了空间。地面之物的小,也是我自己的小,我跟着它们小成一个黑点时,电梯门打开了,黑点走出去,在密闭的空间里还原为一米七六的高度, 再穿过一条弧形走廊,便到了父母家的门前。

我身上有钥匙,但我没掏出来,而是伸手按门铃。

按了三次，里面毫无动静。

进去吗？这么想的时候，钥匙已插进了锁孔。

屋子里的气息我太熟悉了，那不是家的气息，是客栈的气息。整个白天，父母多半都不在家，只是夜里回来养精蓄锐。人不在，家就被寂静占据，墙上、桌上、地板上、沙发上、冰箱上、电视机上、半开的抽屉里、盛着核桃壳和橘子皮的垃圾桶里、摊开的《参考消息》的字缝间……到处都是寂静，伸出尖嘴，啃啮时光。我一进屋，寂静猛然抬起头来，吓得尖叫，却并不逃走，也不躲避，只在原地蹲着、趴着，对我怒目而视。半分钟过去，见我不能把它们怎样，就越发凶恶起来，嚷嚷着叫我离开。我喊了两声“爸、妈”，便退出去了。

我希望父亲是上班去了。但多半没有。表嫂说去找她的不只我母亲一个人，还有父亲跟着。父亲现在上班没有任何事，他的办公室里也没有任何人进去汇报工作、讨要请示，所以对他而言，去单位其实是一种折磨。

为什么不跟我商量呢?

至少应该跟我商量一下……

迷离之中，我到了水井湾，又到了西苑。两处都没装门铃，只能敲。正是在敲门的过程中，我注意到，外婆的老房子，荷叶街水井湾 1 栋 1 单元 4 号，门是旧门，锁却是新的。以前，我父母也有这道门的钥匙，他们去外婆家都是自己开门。自从外婆跟了表哥，那把钥匙再没用过，怕是早就扔了，但姨父姨母担心，就把锁换了。如表嫂所说，姨父姨母没在水井湾，也没在西苑。金凤路西苑5栋3单元9号门外，门垫上均匀地布满灰尘，明显有很长时间没被踩踏过。

我在9号门口站了一会儿，像是有所期待。然而，整栋楼都没有人声。只有门上的对联喧闹着，"花灯灿烂逢盛世，锣鼓盈天颂华年"。这是春节买来贴上去的，再过两三个月，将是又一个春节，就该换新的了，到时还有人去换吗？

表哥曾讲，姨父在天台养了花。到天台也无非再上三层楼，那就去看看吧。

早不惯于爬楼梯，每迈一步，腿肚子都像被锐器钻了一下。

天台是通的，从那头下去，就到4单元。花草只种在3单元11号楼顶。我当即明白那就是姨父种的。姨父定是这样想：11号楼上，属他们单号门牌共有，既然别人不利用，他就可以利用。但他绝不占据双号门牌的区域，更不占据4单元的区域。这是他的界线意识，也是他的反界线意识。

当年，据表哥说，姨父在老家为牲畜治病、节育，开始是工作，免费；后来也是工作，但节育时要收取一定费用；回龙镇上游是黄金镇，两镇交界处的黄金人，都愿意请“纪同志”，而不请本镇兽防员；“纪同志”手快，猪崽“叽叽”两声就被骟了，还骟得干干净净；黄金镇那些家伙，猪叫得像哭，哭得主人流出眼泪花花，还被夹在两腿之间。可这惹得黄金镇的同行很不高兴。姨父的办法就是：让村民把牲畜赶到界沟西侧回龙镇的地盘上，他再动手。

花木是共赏之物，但姨父独占了地方，觉得应该有所回馈，他便铸了四个水泥墩子，每个墩子上竖根铁杆子，拉着电线，供人晾晒衣被。就像当年，到年关，区上开会，他会请黄金镇的同行去店里吃碗小面。

盆栽之外，还有十余个大浴缸。这一带装修房子，曾经时兴在盥洗间安个陶瓷或亚克力浴缸，后来普遍弃用，在被清洁工拉走之前，姨父把它们扛上楼，再去周边寻土，把浴缸填满，种上无花果、樱桃树、竹节蓼、小叶榕……树下乱草丛生。草都干死了，成了尸体。这片辽阔的平原上，已经很久没下过雨。连耐旱的沿阶草和马唐草也根根枯黄，酢浆草更是趴在土上，像是枕住自己的小手，永远睡过去了。我想起念书时，老师讲《红楼梦》，说林黛玉是绛珠草变的，而绛珠草就是酢浆草，俗名酸叽草。

下楼的时候，我给表哥打电话。我的悲凉和怒气被楼道里的回音放大。谁知表哥竟然欢天喜地，说："青林啊，我空了打给你。我们单位来了巡视组，白天晚上整材料，忙得起火！"嘿嘿一笑，就把电话挂了。

两年过去了。在这两年当中，我再没见过姨父姨母。只知道，医生给姨父判定的刑期早已失效，姨父不仅活着，还越活越精神。

这是听表嫂说的。

两年前，张静去泰国旅游期间，我一直等表哥的电话，但他始终没来电话。我想再忙，也不至于忙到不吃饭拉屎，计划已经演变成了计谋，让我父母深陷不义，我也连带受过。既然这样，我实在没必要再吞下那个秘密。

于是去“宁瓜子”找到表嫂，对她说了。

她竟然不信。这不怪她，因为我首先对她撒了谎。我问她知不知道姨父有病，她说知道。我问她知不知道是癌症，她很是错愕，像兴冲冲赶上前去拍一个熟人的肩膀，待那人转过头，才发现根本就不认识。我又问她知不知道姨父最多活半年，这还是三个月前下的结论。她脸色一白，明显胸口被堵住了。她跟姨父姨母处得怎样，我并不十分清楚，但就算不怎样，就算只是普通熟人甚至是仇人，突然听说对方没几天好活，也会物伤其类。这时候，我才把表哥的计划说了，而且说我父母也是知道的，他们就是演戏。我撒谎的是最后一句，表嫂不信的也是这一句：真有人能把戏演到那种程度，可以将一个病人撵得无家可归？

这证明她是一个把演戏和生活分得很清的人。

但问题是本身就分不清。她去向表哥求证，表哥没说别的，只说："我没告诉你，是怕你担心。我也没告诉妈。"

表嫂得到了证实，也得到了安慰，便给张静去电话，表达歉意。

那时候张静还在泰国呢，表嫂的话，风一吹就过了。世界那么大，阳光那么好，钻石海滩那么迷人，这种小事，不值得耽误时间，更不值得挂怀。她从泰国回来，把万千照片向我展示了，洗尽了防晒霜，退尽了热带风尘，从异域情调回归日常处境，才突然记起，也才向我问起。我便也向她讲了。

“有病！”她说，“想得出来！”

“不过也好。”她又说。

她说的“好”，不知道是指哪种好。

但“好”确实是事实。姨父不仅突破了“半年”的生死限，去复查时，癌细胞还大面积撤退了，他没事了！另一方面，在这两年当中，他跟姨母，姨母跟他，都不再争吵，当真有了夫妻的样子。这是双重的胜利，也是表哥的胜利。表哥混到而今，还是个普通职员，那些小年轻都当上了业务主管，成了他的领导，客气些的，叫他一声“纪哥”；不客气又装老成的，叫“老纪”；老成也懒得装的，就直呼其名了。但这只是水面上的生活，水面之下，表哥还有另一种身份：中年之后，他成了导演，他把一场假戏导出了真境，且超越科技，重塑人生。

在我父母这方面，何尝又不是胜利？

最初我十分担心，我怕这出戏把姨父的病治好了，却让我父母得病。这是很有可能的，陷入郁闷和争斗，血液会变质。但事实证明没有，我父母跟姨父姨母一样，越活越精神，而且母亲的强势、父亲的惧内，得到了奇异的中和，两人之间，一个眼神，一个动作，都能心有灵犀。我父亲彻底退下来后，天天钻研法律文书，准备跟姨父姨母法庭上见，他由此开辟出了另一种事业：小区里的熟人有了财产纠纷，都来找他咨询，后来陌生人也来找他，他为他们答疑解惑；不仅如此，他还去网上开课,讲解财产的物理特性、心理特性和精神特性。

只是，我们一家，姨父姨母一家，再不相聚了。

这也没什么特别的,俗话说:有老人在,家才在;老人不在,家就散了。我们两家无非是散了而已。

小说的种子

作者 罗伟章

当我作为读者，读到一篇小说的时候，偶尔也会好奇：这篇小说的种子是怎样的？我看见了一棵树，但希望溯流而上，看见它埋在土里的样子。那样子写作者知道，但他们通常不愿意讲，讲出来多半也不可靠。神秘化是作家的品性之一。这没什么可指责的，树已经长在那里，枝繁叶茂，群鸟翔集，白云满衣，你实在没必要让时光倒流回去，窥见它曾经的渺小、安静和朴素，正如一位丰姿绰约的女子站在面前，你也没必要去回顾她出生时挂着血丝的模样，甚至是作为细胞时的模样。

不过话说回来，要是知道那些模样，也有好处，这好处在于：我们不仅能感知生命的美，还能感知生命的亲。亲是在过程中培育的，比美更日常，更宽阔，更厚实。所以如果可能，还是希望作家们讲一讲。诚实地讲。比如谈到《戏台》，我就尽量做到诚实：有天，我在小区里碰到一对老夫妻，他们肩并肩，精神抖擞地一路走过去，兴奋地说着话。说的啥没听清，但依然让我感到新鲜。我住的小区不大，时日久了，面孔也熟了。那对老夫妻我经常碰见，此前，无一例外，两人都是一前一后，彼此无任何交流，慢吞吞地挪着步子，脸上是类似于愁苦的沉思。今天是什么事情让他们仿佛年轻了十岁，还那么契合？

这就是发端。但这算小说的种子吗？不算。他们兴奋，可以想到的原因很多，比如远行的儿女今天归来了、绝计不生育的儿媳终于怀上了、本来查出有不治之症结果是误诊了、来老友了、中彩票了……而这些原因，却不能让一个写作者兴奋。

首先是不特别。其实不特别在写作中有时并不构成毛病，太特别反而构成毛病，这说来话长，不多说了，直接说“其次”——

其次，也是最重要的，是从中看不到生长点。所谓种子，是能发芽，能破土出苗、随风见长。否则就不是种子，最多是一粒死去的种子——没落进地里就死了，是提前死去。提前死去的种子当然同样不是种子。有时候，或者说许多时候，写作的失败，就在于把死去的种子当成种子，人物和故事都丧失了主体性和能动性，只见作者在那里使劲儿，就像毛姆说的，或许有强烈的感情，却没有心。这跟我们说大词是一样的。因为没有心，感情也是虚假的，虚假不可能赋予生命以气息、温度和力量。

正因此，那对老夫妻的异样对我没有

意义。

又是一天，我在街头偶遇一个熟人，闲聊中，知他最近在打官司，是一起经济纠纷。这本来也没什么，但我突然想到了那对老夫妻：他们那天高兴，是不是某起官司打赢了？又为什么打官司？假定是争上辈人遗留下来的财产，同样构不成我要的那粒种子。但我就从这件事出发，慢慢去想：他们确实是争财产，和别的兄弟姊妹之间。争财产之前，两人过得不和谐，不幸福，事实上是很冷漠，冷漠得不像夫妻，几十年如此；但这时候，他们结成了利益同盟，心心相印，携手争斗，并因此和谐了、幸福了，也年轻了、精神了。然而，这其中昭示的人性前景，多么狭窄，多么脆弱，多么可悯可悲。一生当中，他们都过得不容易，都有各自的痛，却始终没能从更深广的人的意义上，给自己定义。

而这样的事情，不只是他们，还有我们。

于是，我写了这篇小说。